CUANDO-YO-TENÍA-TU-EDAD

Escrito por
Rachna Gilmore

Ilustrado por
Renné Benoit

EJ
Editorial Juventud

Todo empezó el día que mamá hizo hígado con cebolla para cenar. Y no había postre.

–¡Puaj! –dije.

Mamá contestó lo de siempre.

–¡Elisabet, eres tan melindrosa! Cuando yo tenía tu edad, comía todo lo que me ponían en el plato.

Y justo en ese momento apareció una niña de la nada. Iba toda pulcra y arreglada, con la cara limpia y reluciente. Y una sonrisa que decía: «Soy tan perfecta».

–¿Quién es ésta? –chillé.

–Es Cuando-yo-tenía-tu-edad.

–*¿Cuando-yo-tenía-tu-edad?* ¿Qué clase de nombre es ése?

Entonces lo entendí. La niña se parecía al retrato de mamá cuando tenía mi edad.

–Hígado con cebolla –dijo Cuando-yo-tenía-tu-edad–. ¡Oh, qué rico! Muchas gracias. ¡Quién querría comer postre después de esto!

La fulminé con la mirada. Pero Cuando-yo-tenía-tu-edad se acabó todo aquel plato asqueroso. Y sin mancharse siquiera un poquito.

Después de la cena Cuando-yo-tenía-tu-edad y yo salimos a jugar. Ella no quería saltar la comba ni jugar en la arena.

–No quiero ensuciarme el vestido –dijo, alisándose la falda.

–Muy bien –dije y me puse a hacer el castillo de arena más enorme que había hecho nunca.

Estaba construyendo una autopista de seis carriles alrededor de mi castillo, con sus vías de acceso, cuando mamá llamó.

–Es hora de entrar.

Mamá siempre me llama cuando estoy haciendo algo importante.

–Un minuto –grité–. Ahora no puedo.

En cambio, Cuando-yo-tenía-tu-edad entró corriendo a casa con aquella sonrisa de niña perfecta.

–¡Ahora mismo, Elisabet! –dijo mamá.

Me arrastré hacia dentro.

–¡Mírate! –Mamá chasqueó la lengua–. ¿Me puedes explicar cómo has conseguido ensuciarte tanto?

No estaba tan sucia. No, si consideramos que había construido un castillo enorme y una autopista de seis carriles.

Cuando-yo-tenía-tu-edad carraspeó. Estaba perfectamente peinada. Su ropa estaba limpia y planchada. Su sonrisa también.

–¿Cuánto tiempo se va a quedar? –pregunté a mamá.

–Algún tiempo –dijo mamá.

¿Algún tiempo? ¿Y si fuera para siempre?

Aquella noche, cuando todos estaban durmiendo, bajé la escalera de puntillas y llamé a mi abuela por teléfono.

–Hola, abuela –dije–. ¿Puedes venir? Cuando-yo-tenía-tu-edad de mamá está aquí de visita. ¡Por algún tiempo! Gracias, abuela. Hasta mañana.

El día siguiente llovía a cántaros. Era un día gris y feo. Construí toda una ciudad y la recorría con mis coches. Cuando-yo-tenía-tu-edad estaba sentada tranquilamente en el sillón y leía una enciclopedia. Con su sonrisita petulante.

Cuando empezó a salir el sol, llamaron al timbre.

Era la abuela.

–He pensado que podía venir a haceros una visita –dijo guiñándome el ojo.

–Abuela –dije–, ésta es Cuando-yo-tenía-tu-edad.

–¡Oh, ya nos conocemos! –dijo la abuela–. Hace mucho tiempo.

Cuando-yo-tenía-tu-edad parecía un poco pálida. Empecé a sonreír.

Para comer, mamá nos preparó un bocadillo de queso de cabra con soja y lechuga.

–¡Puaj! –dije quejándome.

–¡Mi bocadillo favorito! –exclamó Cuando-yo-tenía-tu-edad–. ¡Oh, gracias, gracias, gracias!

La abuela la miró fijamente.

–¡Vaya, vaya! ¡Cómo has cambiado! Por lo que yo recuerdo, sólo te gustaba el pan con chocolate.

Cuando-yo-tenía-tu-edad no sabía qué cara poner. Empalideció un poco más y su sonrisa ya no era tan perfecta.

Después de comer, dije:

–Mamá, ¿podemos salir a jugar?

–Claro –dijo mamá–. Pero antes, recoge tus juguetes.

–¡Ay mamá! ¿No puedo hacerlo más tarde? Se secarán todos los charcos.

Cuando-yo-tenía-tu-edad se levantó de un salto.

–¡Oh! Ya lo haré yo. Me encanta ordenar.

La abuela levantó las cejas.

–¿De verdad? –dijo–. Eso no lo recuerdo. ¡Tu habitación estaba siempre patas arriba! Había que entrar con una pala. Y a veces con una pinza para taparse la nariz.

Cuando-yo-tenía-tu-edad se puso blanca como la cera. Su sonrisa había desaparecido casi por completo. La mía era enorme.

Después de ordenar mi cuarto, me puse las botas de agua. Llamé a Cuando-yo-tenía-tu-edad:

–Ven, vamos a chapotear en el barro.

–¿En el barro? –se estremeció Cuando-yo-tenía-tu-edad–. ¡Oh, no, de ninguna manera! ¿Y si me ensucio el vestido?

La abuela se puso a reír.

–Pero ¿no te acuerdas? Lo que más te gustaba era jugar a hacer el cerdito. Una vez te revolcaste en una charca y te quedaste cubierta de barro y hierba. Tuve que limpiarte con la manguera antes de dejarte entrar en casa.

Cuando-yo-tenía-tu-edad tragó saliva, parecía enferma. Casi me compadecí de ella. Pero no mucho.

Mama suspiró. Se giró hacia Cuando-yo-tenía-tu-edad y le dijo:

–Quizás ya es hora de que te marches.

–Sí –murmuró Cuando-yo-tenía-tu-edad.

Y se fue desvaneciendo hasta que desapareció.

Lo celebré chapoteando y saltando en el charco más embarrado.

Aquella noche, cuando mamá me arropó en la cama, le pregunté:

–¿Te gustaría que fuera como Cuando-yo-tenía-tu-edad?

–Pero si ya lo eres –dijo mamá abrazándome–. Eres exactamente como la abuela la recuerda. Creo que había olvidado cómo era realmente.

–¡Qué lástima que se haya ido! –dije–. Podríamos habernos divertido juntas.

–No importa –dijo mamá–. Mañana quizá podemos divertirnos juntas tú y yo.

–¡Sí! –dije–. ¡Podemos jugar a hacer el cerdito!

Para Robin Elizabeth… de nuevo.
R. G.

Para Amelia.
R. B.

Título original: WHEN-I-WAS-A-LITTLE-GIRL
© del texto: Rachna Gilmore, 2006
© de las ilustraciones: Renné Benoit, 2006

Publicado con la autorización de Second Story Press, Toronto, Canadá
© de la traducción castellana:
EDITORIAL JUVENTUD, S. A., 2007
Provença, 101 - 08029 Barcelona
info@editorialjuventud.es
www.editorialjuventud.es

Traducción de Élodie Bourgeois y Teresa Farran
Primera edición, 2007
ISBN 978-84-261-3571-1
Depósito legal: B. 9.614-2007
Núm. de edición de E. J.: 10.946
Derra, c/ Llull, 41, 08005 - Barcelona
Printed in Spain